SIR ARTHUR CONAN DOYLE
SHERLOCK HOLMES

ILUSTRADO

Dados Internacionais de Catalogação na Publicação (CIP) de acordo com ISBD

D754v	Doyle, Arthur Conan
	  O vampiro de Sussex / Arthur Conan Doyle; traduzido por Monique D'Orazio; adaptado por Stephanie Baudet. - Jandira, SP : Ciranda Cultural, 2023.
	  112 p. ; il; 13,20cm x 20,00cm. - (Coleção Ilustrada Sherlock Holmes).
	
	  Título original: The Sussex vampire
	  ISBN: 978-85-380-9632-0
	
	  1. Literatura inglesa. 2. Aventura. 3. Detetive. 4. Mistério. 5. Suspense. I. D'Orazio, Monique. II. Baudet, Stephanie. III. Título. IV. Série.

2022-0445	CDD 823.91 CDU 821.111-3

Elaborado por Lucio Feitosa - CRB-8/8803

Índice para catálogo sistemático:
1. Literatura inglesa 823.91
2. Literatura inglesa 821.111-3

Copyright: © Sweet Cherry Publishing [2019]
Adaptado por Stephanie Baudet
Licenciadora: Sweet Cherry Publishing United Kingdom [2021]

Título original: *The Sussex vampire*
Baseado na obra original de Sir Arthur Conan Doyle
Capa: Arianna Bellucci e Rhiannon Izard
Ilustrações: Arianna Bellucci

© 2023 desta edição:
Ciranda Cultural Editora e Distribuidora Ltda.
Tradução: Monique D'Orazio
Preparação: Paloma Blanca Alves Barbieri
Diagramação: Linea Editora
Revisão: Karine Ribeiro

1ª Edição em 2023
www.cirandacultural.com.br
Todos os direitos reservados. Nenhuma parte desta publicação pode ser reproduzida, arquivada em sistema de busca ou transmitida por qualquer meio, seja ele eletrônico, fotocópia, gravação ou outros, sem prévia autorização do detentor dos direitos, e não pode circular encadernada ou encapada de maneira distinta daquela em que foi publicada, ou sem que as mesmas condições sejam impostas aos compradores subsequentes.

SHERLOCK HOLMES ILUSTRADO

O Vampiro de Sussex

Ciranda Cultural

Capítulo um

No outono de 1901, minha clínica médica estava bem estabelecida e me mantinha muito ocupado. Isso acabou causando um efeito negativo nas minhas amizades, de modo que eu me sentia um tanto isolado do mundo.

Fazia muito tempo que eu não via meu amigo Sherlock Holmes,

Sir Arthur Conan Doyle

então decidi lhe fazer uma visita em uma tarde de novembro. Toquei a campainha em Baker Street, 221B, e fui recebido pela senhora Hudson, que me mostrou um sorriso radiante. Talvez ela tivesse sentido minha falta. Eu duvidava que Holmes fosse uma boa companhia, especialmente se ele estivesse ocupado com seus casos.

Enquanto subia as escadas para nossa antiga sala de estar, fiquei pensando se as coisas haviam mudado desde a última vez que

O vampiro de Sussex

eu o tinha visto. Foi um conforto descobrir que, ao contrário disso, imediatamente estávamos de volta à nossa antiga rotina. Na verdade, passaram-se apenas alguns minutos antes que eu começasse a ler meu jornal em frente à lareira, bebendo o

café que a senhora Hudson havia me feito a gentileza de trazer.

Enquanto isso, Holmes lia atentamente uma carta que havia chegado no último correio para ele. Ao terminar, com um riso seco que era o mais próximo de uma risada, ele jogou a correspondência para mim.

– Para uma mistura de moderno e medieval, este com certeza é o limite. O que acha disso, Watson?

Deixei meu jornal de lado, peguei a carta e comecei a ler.

Old Jewry, 46
19 de novembro

Assunto: Vampiros
Senhor,
Nosso cliente, senhor Robert
Ferguson, da Ferguson & Muirhead,
vendedores de chá, de Mincing Lane,
Londres, fez uma consulta conosco a
respeito de vampiros. Como nossa
empresa é totalmente especializada
na avaliação de máquinas, não temos
condições de dar consultoria sobre
esse assunto. Recomendamos,
portanto, que o senhor Ferguson o
visite. Não esquecemos sua ação bem-
-sucedida no caso de Matilda Briggs.

Com fiel gratidão ao senhor,
Morrison, Morrison e Dodd

Sir Arthur Conan Doyle

Li a última linha com atenção. Franzindo a testa, tentei me lembrar se Holmes alguma vez havia me apresentado a esse cliente, mas não me recordei de nada. Quando olhei para cima, captei uma rápida expressão divertida em seu rosto, mas ele logo retornou para aquele seu distante olhar familiar, compenetrado em suas próprias memórias.

– Matilda Briggs não era o nome de uma jovem, Watson – explicou Holmes. – Era um navio associado

O vampiro de Sussex

ao rato gigante de Sumatra, uma história para a qual o mundo ainda não está preparado.

Levantei uma sobrancelha, em parte aguardando uma explicação, mas nenhuma veio. Em vez disso, fiz uma nota mental para perguntar sobre o tal roedor gigante em outra ocasião e fiquei em silêncio. Holmes odiava ser desviado do foco.

– Mas o que sabemos sobre vampiros? – continuou ele. – Por acaso esse assunto está entre as nossas especialidades? Qualquer

Sir Arthur Conan Doyle

caso é melhor do que ficar sem fazer nada; mas, de verdade, parece que tropeçamos em um conto de fadas de Grimm. Estique o braço, Watson, e veja o que está neste livro na letra V.

Eu me inclinei para trás, peguei um grande volume de registros e o entreguei a ele. Holmes o equilibrou sobre o joelho e seus olhos moveram-se lenta e amorosamente sobre o livro de casos antigos, misturados com informações coletadas ao longo da vida.

O vampiro de Sussex

– Viagem do *Gloria Scott* – ele leu.
– Foi um péssimo negócio. Lembro
que você fez um registro disso,
Watson. Embora eu não tenha sido
capaz de parabenizá-lo pelo
resultado. – Ele olhou para
mim brevemente, com um
brilho nos olhos. Sendo
um homem que lidava
apenas com fatos
concretos,
Holmes não
gostava da
maneira como

Sir Arthur Conan Doyle

eu relatava nossos casos, e muitas vezes zombava de mim por causa disso. Determinado a não reagir, eu mantive meu rosto inexpressivo e esperei pacientemente que ele voltasse a atenção para o livro ainda empoleirado em seu colo.

Holmes percebeu com clareza que não ia conseguir me provocar e pareceu um pouco desapontado. Ao se focar mais uma vez no livro, ele continuou:

– Victor Lynch, falsificador. Lagarto venenoso ou gila. Esse foi

O vampiro de Sussex

um caso notável. Vittoria, a bela do circo. Víboras. Vogir, a maravilha de Hammersmith. Bom e velho registro! É inigualável. Ouça isso, Watson. Vampirismo na Hungria. E ainda, vampiros na Transilvânia.

Ele virou as páginas com avidez e calou-se por um instante, mas, depois de uma leitura curta e intensa, jogou o grande livro no chão com um grunhido de desapontamento.

– Bobagem, Watson, bobagem! O que temos a ver com cadáveres

Sir Arthur Conan Doyle

ambulantes que só podem ser mantidos em seus túmulos por uma estaca cravada no coração? É pura loucura.

– Mas, com certeza – disse eu –, o vampiro não era necessariamente um homem morto. Uma pessoa viva poderia apresentar tal comportamento. Já ouvi falar do costume de pessoas mais

O vampiro de Sussex

velhas chuparem o sangue de jovens para preservar a juventude.

– Você está certo, Watson. A lenda é mencionada em uma dessas referências, mas será que devemos dar atenção a isso? Nossas investigações sempre se basearam firmemente em fatos e assim devem permanecer. Não precisamos incluir fantasmas. Não acho que podemos levar o senhor Robert Ferguson muito a sério.

Holmes pegou uma segunda carta que tinha ficado despercebida sobre a mesa enquanto estava absorto na primeira.

– Possivelmente esta correspondência seja dele, e pode lançar alguma luz sobre o que o está preocupando.

Holmes começou a ler a carta com um sorriso divertido no rosto, mas que gradualmente se desvaneceu em uma expressão de intenso interesse e concentração.

Quando terminou, ele ficou sentado por algum tempo, perdido

O vampiro de Sussex

em pensamentos e com a carta pendurada nos dedos. Por fim, despertou de seu devaneio.

– Cheeseman's, Lamberley. Onde fica Lamberley, Watson?

– É em Sussex, ao sul de Horsham.

– Não muito longe, hein? E Cheeseman's?

– Eu conheço essa região do interior, Holmes. É cheia de casas antigas que levam o nome dos homens que as construíram há séculos. Lá podemos ver Odley's, Harvey's e Carriton's... As pessoas

Sir Arthur Conan Doyle

são esquecidas, mas o nome delas continua vivo nas casas.

– Exato – disse Holmes friamente.

Fiquei um pouco surpreso com sua mudança repentina de humor. Será que ele estava irritado com o meu conhecimento, ou com o fato de que os homens pudessem almejar a imortalidade dando seu nome para suas casas? Holmes estava tão acostumado a me explicar essas coisas com paciência que talvez eu o tivesse

O vampiro de Sussex

lembrado de que nem ele sabia de tudo. Independentemente disso, pude vê-lo acrescentar essa informação à vasta quantidade de conhecimento já contida em sua mente. Ele absorvia novas informações com rapidez e precisão, mas era raro que reconhecesse a fonte delas. Eu não esperava receber nenhum crédito.

– Acho que saberemos muito mais sobre Cheeseman's, Lamberley, antes de terminarmos com isso. Como eu esperava,

Sir Arthur Conan Doyle

a carta é de Robert Ferguson. A propósito, ele diz que conhece você.

– A mim!

– É melhor você ler.

Holmes me entregou a carta.

Caro senhor Holmes,

O senhor me foi indicado
pelos meus advogados,
mas o assunto é tão
extraordinariamente delicado
que é muito difícil de discutir.
Diz respeito a um amigo em
nome do qual estou tomando
providências.

Cerca de cinco anos atrás, o
cavalheiro em questão se casou
com uma senhora peruana. Ela
era muito bonita, mas eles não
tinham interesses em comum.
Depois de um tempo, seu amor

pela noiva se desvaneceu, e ele temeu que o casamento tivesse sido um erro. Meu amigo sentiu que havia facetas do caráter dela que ele nunca poderia entender. Tudo isso se tornava ainda mais doloroso porque ela era uma esposa amorosa e absolutamente devotada a ele.

Mas, enfim, vamos ao mistério que há no cerne desta história. Darei mais detalhes quando nos encontrarmos pessoalmente; esta carta pretende dar ao senhor uma ideia geral da estranha situação.

Espero que o ajude a decidir se vai investigar este mistério.

A mulher começou a ter comportamentos muito diferentes dos de sua natureza doce e gentil. Meu amigo foi casado duas vezes e teve um filho com a primeira esposa. O menino está agora com quinze anos, e é um jovem muito charmoso e afetuoso, apesar de infelizmente ter sofrido um acidente na infância. Sua esposa foi pega duas vezes agredindo esse pobre rapaz sem motivo aparente. Uma vez, ela o atingiu

com um pedaço de pau, que
o deixou com uma grande
marca no braço. Mas esse
comportamento não teve muita
importância em comparação
com sua conduta para com
o próprio filho, um querido
bebê com pouco menos de um
ano de idade. Há cerca de um
mês, o menino foi deixado pela
babá por alguns minutos, mas
ela voltou correndo quando
o ouviu chorar alto, como se
estivesse com dor. Ao entrar
correndo no quarto, viu a
mãe inclinada sobre o bebê,

aparentemente mordendo seu pescoço. Havia um pequeno ferimento nessa parte do corpo da criança, de onde saía um filete de sangue.

Capítulo dois

Desde o início de minha amizade com Holmes, já testemunhei todo tipo de comportamento bizarro e perturbador, mas essa carta descrevia tantos horrores,

O vampiro de Sussex

que tive de parar por
um momento. Eu me
perguntei se Holmes
sentia o mesmo, mas
seu rosto agora
estava ilegível.

A babá ficou tão horrorizada
que foi chamar o pai da criança,
mas a senhora implorou que
a babá não o fizesse e chegou a
lhe dar cinco libras como preço
por seu silêncio. Nem sequer
deu uma explicação. O ocorrido
deixou uma impressão terrível
na babá que, a partir daquele

momento, começou a vigiar
sua empregadora de perto
e a manter uma vigilância
mais estreita sobre o bebê.
Pareceu-lhe que a mãe também
a observava e que, toda vez
que ela era forçada a deixar
o bebê sozinho, a mãe estava
esperando para pegá-lo. Dia
e noite, a babá ficava com o
bebê, e o tempo todo a mãe
silenciosa e vigilante parecia
estar à espreita como um lobo
à espera de um cordeiro.
Deve parecer inacreditável, mas

peço que leve esse assunto a sério, pois a vida de uma criança e a sanidade de um homem podem depender disso.

Por fim, chegou um dia terrível em que a babá não aguentou mais. Ela contou tudo ao empregador. Para ele, parecia uma história tão maluca quanto deve parecer para o senhor agora. Meu amigo sabia que a esposa era uma mulher amorosa, apesar de não gostar do enteado. Por que então ela deveria machucar seu

querido bebezinho? Ele disse à
babá que suas suspeitas eram
loucas e que não toleraria
que tais coisas fossem ditas
sobre a esposa. Enquanto
conversavam, no entanto,
houve um grito repentino de
dor e os dois correram para
o quarto do bebê.
Imagine o que ele sentiu,
senhor Holmes, quando viu a
esposa ajoelhada ao lado da
cama e sangue no pescoço
da criança. Com um grito de
horror, ele virou o rosto da

esposa para a luz e viu sangue em seus lábios. Era ela — sem dúvida — quem bebia o sangue do pobre bebê.

A mulher encontra-se confinada em seu quarto no momento. Não houve nenhuma explicação. O marido está meio perturbado. Tanto ele quanto eu sabemos muito pouco sobre vampirismo. Pensamos que era alguma história primitiva de regiões estrangeiras, mas aqui está, no coração de Sussex.

O senhor pode vir me ver?

Pode usar suas grandes
habilidades para ajudar um
homem que está perdendo o
juízo? Em caso afirmativo, envie
um telegrama para Ferguson,
em Cheeseman's, Lamberley, e
eu estarei nos seus aposentos
às dez horas.

Com os melhores
cumprimentos,
Robert Ferguson
P.S.: Acredito que seu amigo
Watson jogou rúgbi por
Blackheath quando eu jogava
pelo Richmond.

O vampiro de Sussex

– Ah, sim – disse eu, enquanto colocava a carta sobre a mesa. – Grande Bob Ferguson, o melhor jogador que já existiu no Richmond. Sempre foi um bom sujeito. É típico dele estar tão preocupado com o caso de um amigo.

Holmes me olhou pensativo e balançou a cabeça.

– Rúgbi, hein? Eu simplesmente não conheço você, Watson. Existem possibilidades inexploradas a seu respeito. Anote um telegrama, como um bom companheiro.

Sir Arthur Conan Doyle

Peguei prontamente uma caneta e papel.

– Examinarei seu caso com prazer – ditou ele.

Eu olhei para cima.

– Seu caso!

– Não devemos deixá-lo pensar que somos tolos. Claro que o caso aconteceu com ele. Envie-lhe esse telegrama e deixe o assunto descansar até de manhã.

Pensei muito no caso enquanto caminhava para a agência de telégrafos. Como Holmes, eu não

O vampiro de Sussex

acreditava no sobrenatural, mas não conseguia imaginar o que poderia explicar uma série de eventos tão bizarra. Eu estava ansioso para o dia seguinte, quando Ferguson poderia nos dar algumas respostas.

Capítulo três

Pontualmente às dez horas da manhã seguinte, Ferguson entrou em nosso aposento. Eu me lembrava dele como um homem alto e de braços e pés muito rápidos, o que lhe proporcionava grande sucesso no campo de rúgbi. Certamente não há nada mais doloroso na vida

O vampiro de Sussex

do que encontrar a derrocada de um excelente atleta que conhecemos em seu auge. Seu corpo grande estava encolhido, seu cabelo loiro era ralo e seus ombros estavam curvados. Eu temia que ele pensasse da mesma forma a meu respeito.

– Olá, Watson – disse ele, em tom caloroso, e sua voz ainda era

Sir Arthur Conan Doyle

profunda e vigorosa. – Você não parece exatamente o mesmo de quando eu o joguei por cima das cordas para a multidão, no Old Deer Park. Acho que também mudei um pouco, mas foram estes últimos um ou dois dias que me envelheceram. Vejo pelo seu telegrama, senhor Holmes, que foi inútil fingir representar outra pessoa. O caso é meu.

– É mais simples falar francamente – disse Holmes.

O vampiro de Sussex

– Claro que é, mas o senhor pode imaginar como é difícil falar da esposa que devemos proteger e ajudar. O que eu posso fazer? Como vou à polícia com uma história dessas? E ainda têm as crianças que devem ser protegidas. É algum tipo de loucura, senhor Holmes? É algo no sangue? O senhor já teve algum caso semelhante? Pelo amor de Deus, apenas me dê algum conselho; estou perdendo o juízo.

Sir Arthur Conan Doyle

– Naturalmente, senhor Ferguson. Agora sente-se aqui, controle-se e me dê algumas respostas claras. Posso garantir que estou muito longe de chegar ao limite da minha inteligência e que estou confiante de que encontraremos alguma solução. Em primeiro lugar, diga-me o que fez até agora. Sua esposa ainda está perto das crianças?

– Tivemos uma cena terrível. Minha esposa é muito amorosa, senhor Holmes. Se alguma vez uma mulher amou um homem de todo

O vampiro de Sussex

o coração e alma, ela com certeza o fez a mim. Por isso, ficou arrasada por eu ter descoberto esse segredo horrível. Ela nem mesmo falava. Apenas respondeu às minhas acusações me olhando com uma expressão selvagem e desesperada. Após isso, ela correu para seu quarto e se trancou lá. Desde então, recusa-se a me ver. Ela tem uma criada, chamada Dolores, que a acompanha desde antes do nosso casamento; é uma amiga em vez de criada, e a única com permissão para vê-la. Dolores leva a comida para ela.

– Então o menino não corre perigo imediato?

– A senhora Mason, a babá, jurou que não o deixará, nem de dia nem de noite. Eu confio totalmente nela. Estou mais preocupado com o pobre pequeno Jack, pois, como eu lhe disse na minha carta, ele foi agredido duas vezes pela minha esposa.

O vampiro de Sussex

– Mas nunca se feriu gravemente?

– Não que eu saiba, mas ela o golpeou de modo violento. Isso é ainda mais terrível porque ele tem uma deficiência. – As feições cansadas de Ferguson suavizaram enquanto ele falava do filho. – Seria de pensar que a condição do meu garoto amoleceria o coração de qualquer pessoa. Uma queda na infância lhe causou uma torção na coluna, senhor Holmes, mas ele tem o mais querido e amoroso coração.

Sir Arthur Conan Doyle

Holmes pegou a carta do dia anterior e se pôs a ler.

— Que outros residentes há na sua casa, senhor Ferguson?

— Dois criados que estão há pouco tempo conosco. Um cavalariço, de nome Michael, que dorme na casa. Minha esposa, eu, meu filho Jack, o bebê, Dolores e a senhora Mason. Isso é tudo.

— Suponho que o senhor não conhecia bem sua esposa na época do casamento?

O vampiro de Sussex

– Eu só a conhecia havia algumas semanas.

– Há quanto tempo essa criada Dolores está com ela?

– Alguns anos.

– Então ela conheceria o caráter de sua esposa melhor do que o senhor?

– Pode-se dizer que sim.

Holmes fez uma anotação.

– Eu acho – disse ele – que posso ser mais útil em Lamberley do que aqui. É definitivamente um caso para investigação pessoal. Se a senhora fica no quarto dela, nossa presença não a incomodará nem será inconveniente. Claro, nós ficaríamos na pousada.

Ferguson fez um gesto de alívio.

– Isso é o que eu esperava, senhor Holmes. Se puderem vir, há um trem às 14h, saindo da estação de Victoria.

O vampiro de Sussex

– Claro que iremos. Há uma calmaria de casos no momento. Posso destinar minhas energias totais ao senhor. Watson, é claro, vem conosco.

Capítulo quatro

Embora eu gostasse de trabalhar ao lado de Holmes em seus casos, havia uma parte de mim que se irritava com sua suposição de que eu poderia ignorar meus pacientes e meu próprio trabalho para fazê-lo. Mas como o movimento na clínica andava tranquilo, minha ausência não causaria problemas.

O vampiro de Sussex

Se minha irritação transparecia no rosto, Holmes, é claro, não percebeu ou preferiu ignorá-la. Em vez disso, ele continuou a falar com Ferguson.

– Mas há um ou dois pontos sobre os quais desejo ter certeza antes de começar minhas investigações. Essa infeliz senhora, pelo que entendi, aparentemente agrediu as duas crianças: seu próprio bebê e o filho pequeno do senhor?

– É isso mesmo.

– Mas as agressões ocorreram de formas diferentes, não é? Ela chegou a bater no seu filho.

Sir Arthur Conan Doyle

– Sim. Uma vez com uma vareta e outra muito selvagemente com as mãos.

– Ela não deu nenhuma explicação sobre o motivo de ter batido nele?

– Nenhum, exceto que o odiava. Ela dizia isso com frequência.

– A mulher é ciumenta por natureza?

– Sim, ela é muito ciumenta… É um ciúmes tão forte quanto seu amor ardente.

– Mas o menino tem quinze anos, não é mesmo? E embora tenha uma deficiência física, a mente dele

O vampiro de Sussex

está em perfeitas condições? Ele lhe deu alguma explicação sobre esses ataques?

– Não. Apenas declarou que não havia razão.

– Eles costumavam ser bons amigos em outras ocasiões?

– Não. Nunca houve amor entre os dois.

– No entanto, o senhor diz que ele é afetuoso?

– Nunca no mundo poderia haver um filho tão devotado. Minha vida é a vida dele.

Sir Arthur Conan Doyle

Mais uma vez, Holmes fez uma anotação. Por algum tempo, ele ficou perdido em pensamentos.

– Sem dúvida, o senhor e o menino eram grandes amigos antes desse segundo casamento. Eram próximos?

– Sim.

– E o menino era bem devotado à memória da mãe dele?

– Muito devotado.

– Ele decerto parece ser um rapaz muito interessante. Um outro ponto diz respeito a esses ataques. Os estranhos ataques ao bebê e as

O vampiro de Sussex

agressões ao seu filho ocorreram no mesmo período?

— No primeiro caso, sim. Era como se algum frenesi a tivesse dominado e ela descarregasse a raiva em ambos. No segundo caso, apenas Jack sofreu. A senhora Mason não teve nenhuma reclamação a fazer que envolvesse o bebê.

— Isso com certeza complica as coisas.

— Não estou entendendo bem, senhor Holmes.

— Possivelmente não. Eu formo certas teorias no início de um caso e espero obter mais conhecimentos para confirmá-las ou rejeitá-las. É um mau hábito, senhor Ferguson, mas a natureza humana é fraca. Temo que meu velho amigo Watson aqui tenha dado uma visão exagerada de meus métodos científicos. No entanto, neste momento, direi apenas que seu problema não me parece insolúvel, e que o senhor nos encontrará na estação de Victoria às 14h.

Capítulo cinco

Era um dia sombrio e enevoado de novembro e, de fato, pegamos o trem das 14h para Lamberley. Em seguida, tendo deixado nossas malas no Chequers, pegamos uma longa e sinuosa estrada de barro em uma carruagem que partiu de Sussex até a

Sir Arthur Conan Doyle

antiga e isolada casa de fazenda do Ferguson. Era um edifício grande e irregular, muito antigo no centro e bem novo nas alas, com imponentes chaminés do período Tudor e um telhado alto com manchas de líquen.

As soleiras das portas estavam desgastadas a ponto de estarem côncavas, e nos ladrilhos antigos que revestiam o pórtico havia gravada a imagem de um queijo e de um homem, em homenagem ao construtor original, Cheeseman's.[1]

---

[1] Em inglês, *Cheeseman's* significa algo como "casa do queijeiro".

O vampiro de Sussex

No interior, os tetos tinham pesadas vigas de carvalho e o piso irregular estava torto e fazia curvas acentuadas. Um odor de coisa velha e decadente enchia toda a construção em ruínas.

Ferguson nos conduziu para uma sala central bem grande. Havia uma enorme lareira antiga com uma tela de ferro como proteção, e ali, um fogo esplêndido queimava a lenha.

Quando nos sentamos em frente ao fogo, olhei a sala ao meu redor. Era uma estranha mistura de épocas e lugares. As paredes com

Sir Arthur Conan Doyle

painel de madeira até a metade podiam muito bem ter pertencido ao fazendeiro original do século XVII. Eram ornamentadas na parte inferior por uma linha de aquarelas modernas. Acima, onde o gesso amarelo tomava o lugar do carvalho, estava pendurada uma bela coleção de utensílios e armas

O vampiro de Sussex

sul-americanos. Presumi que tivessem sido pendurados ali pelo próprio Ferguson ou por sua esposa, como uma lembrança daquele país distante de onde tinham vindo.

Holmes levantou-se, com aquela rápida curiosidade de uma

Sir Arthur Conan Doyle

mente ávida, e examinou os itens com cuidado. Depois, voltou com os olhos pensativos.

– Olá – disse ele para algo no canto.

Um spaniel estava deitado em uma cesta na extremidade da sala. Ele veio lentamente em direção ao seu mestre, caminhando com dificuldade. Suas patas traseiras se moviam de modo irregular, e a cauda arrastava no chão. O animal lambeu a mão de Ferguson.

O vampiro de Sussex

– O que foi, senhor Holmes? – perguntou Ferguson, ciente do olhar de Holmes.

– O cachorro. O que ele tem?

– Foi isso que intrigou o veterinário. Uma espécie de paralisia. Trata-se de meningite espinhal, mas está passando, felizmente. Ele vai ficar bem logo… Não vai, Carlo?

A cauda inclinada deu uma sacudida em concordância. Os olhos tristes do cachorro miraram cada um de nós. Ele sabia que estávamos falando dele.

Sir Arthur Conan Doyle

– Aconteceu de repente?

Fiquei pensando sobre o interesse de Holmes no animal. Ele nunca havia demonstrado nenhum gosto especial por cães antes.

– Em uma única noite.

– Há quanto tempo?

– Pode ter sido há quatro meses.

– Muito notável.

– O que o senhor vê nele, senhor Holmes?

Eu podia ver a irritação crescente de Ferguson enquanto ele olhava do cachorro para Holmes. O homem agarrou os braços da cadeira e se

O vampiro de Sussex

inclinou para a frente, um pouco sem fôlego.

– Uma confirmação do que eu já havia considerado – respondeu Holmes.

Ferguson praticamente saltou da cadeira em frustração.

– Pelo amor de Deus, o que o senhor está enxergando? Pode lhe parecer apenas um enigma, mas é vida ou morte para mim! Minha esposa, uma suposta assassina... Meu filho em perigo constante! Não brinque comigo, senhor Holmes. É terrivelmente sério.

Sir Arthur Conan Doyle

O homem que já tinha sido um jogador de rúgbi agora tremia todo. Holmes colocou a mão no braço do sujeito em um gesto reconfortante e gentilmente o puxou de volta para a cadeira.

– Veja bem, senhor Ferguson, receio que tudo isso ainda lhe trará algum sofrimento, seja qual for a solução – disse ele. – Desejo poupá-lo do que eu puder. Não posso

O vampiro de Sussex

dizer mais nada no momento, mas, antes de sair desta casa, espero ter algo definitivo.

– Por favor, Deus, que possa mesmo! Se me dão licença, senhores, irei até o quarto de minha esposa e verei se houve alguma mudança em seu estado.

Ele se ausentou por alguns minutos, durante os quais Holmes retomou seu exame das curiosidades que havia na parede.

Capítulo seis

Quando nosso anfitrião voltou, ficou claro por seu rosto abatido que não houve nenhum progresso. Ele trouxe consigo uma garota hispânica alta e esguia.

– O chá está pronto, Dolores – disse Ferguson. – Cuide

O vampiro de Sussex

para que sua senhora tenha tudo de que precisa.

– Ela muito doente! – exclamou a moça, olhando com olhos indignados para seu empregador. – Ela não pede comida. Ela muito doente. Ela precisa médico. Tenho medo ficar sozinha com ela sem médico.

Ferguson olhou para mim com um questionamento nos olhos.

Sorri.

– Eu ficaria feliz em ser útil – disse eu.

– Sua senhora gostaria de ver o doutor Watson? – Ferguson perguntou à moça.

Sir Arthur Conan Doyle

— Eu levo ele. Eu não perguntei. Ela precisa médico.

Eu me levantei e fiz um aceno afirmativo com a cabeça para Dolores.

— Então vou com você agora mesmo.

Segui a garota, que tremia de forte emoção, escada acima e ao longo de um corredor antigo. No final, havia uma porta maciça com maçaneta e fechadura de ferro. A mim parecia, enquanto olhava para a porta, que Ferguson acharia muito difícil forçar a entrada no quarto da esposa se assim ela não desejasse.

O vampiro de Sussex

A moça tirou uma chave do bolso, inseriu-a na fechadura e girou.
As pesadas tábuas de carvalho rangeram nas dobradiças antigas quando ela abriu a porta.

Entrei e a jovem rapidamente me seguiu, fechando e trancando a porta em seguida.

Na cama, deitada, havia uma mulher que claramente ardia em febre alta. Ela estava apenas semiconsciente. Porém, quando entrei, ergueu um par de olhos amedrontados, mas lindos, e me fitou com apreensão. Ao ver um estranho,

Sir Arthur Conan Doyle

ela pareceu aliviada e recostou-se no travesseiro com um suspiro.

Eu me aproximei dela.

– Sou médico – falei, tentando tranquilizá-la.

Ela ficou imóvel enquanto eu tomava seu pulso e sentia a temperatura da testa. Estava quente, e seu pulso, acelerado; mas

O vampiro de Sussex

minha impressão era de que sua condição se devia a uma excitação mental e nervosa, e não a um verdadeiro ataque.

– Ela deitada assim um, dois dias. Acho que vai morrer – disse a moça.

A mulher voltou seu rosto corado e bonito para mim.

– Onde está o meu marido?

– Ele está lá embaixo e deseja ver a senhora.

– Não quero vê-lo. – Então ela começou a delirar. – Um demônio! Um demônio! Oh, o que devo fazer com esse demônio?

Sir Arthur Conan Doyle

– Posso ajudá-la de alguma forma?

– Não. Ninguém pode ajudar. Está terminado. Tudo está destruído. O que quer que eu faça, tudo é destruído.

A mulher devia estar no meio de algum delírio estranho. Eu não conseguia acreditar que o honesto Bob Ferguson pudesse ser visto como um monstro ou demônio. Eu era o único com acesso à senhora, então a tarefa de descobrir a origem daquele delírio cabia a mim. Resolvi obter mais informações.

– Senhora – eu disse –, seu marido a ama muito. Ele está

O vampiro de Sussex

profundamente triste com este acontecimento.

Mais uma vez ela voltou aqueles olhos gloriosos para mim.

– Ele me ama. sim, mas eu não o amo? Não o amo tanto a ponto de me sacrificar em vez de partir o querido coração dele? É assim que o amo. Apesar disso, ele acha que eu poderia fazer algo tão horrível! Que ele pudesse falar comigo daquele jeito!

– Ele está cheio de tristeza, mas não consegue entender.

– Não, ele não consegue entender, mas deveria confiar.

Sir Arthur Conan Doyle

– A senhora não vai mesmo vê-lo? – insisti.

– Não, não, não consigo esquecer aquelas palavras terríveis nem a expressão no rosto dele. Eu não vou vê-lo. Vá agora. O senhor não pode fazer nada por mim. Diga ao meu marido apenas uma coisa: eu quero meu filho. Eu tenho direito ao meu bebê. Essa é a única mensagem que posso enviar a ele. – Ela então virou o rosto para a parede e não disse mais nada, apesar das minhas tentativas de continuar a conversa.

Voltei para a sala no andar inferior, onde Ferguson e

O vampiro de Sussex

Holmes ainda estavam sentados perto do fogo. Ferguson ouviu melancolicamente meu relato da conversa.

– Como posso deixar a criança com ela? – indagou ele. – Como posso saber que impulso estranho pode acometê-la? Como posso esquecer a forma como ela se levantou ao lado do bebê com o sangue dele nos lábios? – Ferguson estremeceu com a memória. – A criança está segura com a senhora Mason, e lá ela deve ficar.

Capítulo sete

Uma criada elegantemente vestida trouxe chá. Enquanto ela servia, a porta se abriu e um jovem entrou na sala. Era um garoto notável, de rosto pálido e cabelos loiros, com olhos azul-claros agitados que brilharam em uma chama repentina de emoção e

O vampiro de Sussex

alegria quando viu o senhor Ferguson. Ele correu e jogou os braços em volta do pescoço do homem como se não o visse há anos.

– Oh, papai! – ele exclamou. – Eu não sabia que já tinha voltado para casa. Eu deveria estar aqui para sua chegada. Ah, estou tão feliz em ver o senhor!

Sir Arthur Conan Doyle

Ferguson gentilmente se desvencilhou do abraço, parecendo um pouco envergonhado.

– Menino querido – disse ele, acariciando os cabelos claros do filho com a mão de forma terna. – Voltei mais cedo porque meus amigos, senhor Holmes e doutor Watson, foram persuadidos a vir e passar uma noite conosco.

– É o senhor Holmes, o detetive?

– Sim.

O jovem nos observou com um olhar muito penetrante e que me pareceu meio hostil.

O vampiro de Sussex

– E quanto ao seu outro filho, senhor Ferguson? – perguntou Holmes. – Podemos vê-lo?

– Jacky, peça à senhora Mason para trazer o bebê para baixo – disse Ferguson.

O menino saiu com um andar cambaleante, que dizia aos meus olhos médicos que ele sofria de um problema na coluna.

Logo voltou, com uma mulher alta e magra atrás dele carregando uma criança nos braços. Uma criança muito bonita, com cabelos dourados e olhos escuros: uma

Sir Arthur Conan Doyle

mistura maravilhosa de pai saxão e mãe latina.

Ferguson era evidentemente devotado a ele, pois o tomou nos braços e o acariciou com ternura.

– Impossível imaginar que alguém tenha coragem de machucá-lo – ele murmurou enquanto olhava para o bebê.

Foi nesse momento que por acaso olhei para Holmes

O vampiro de Sussex

e vi uma estranha intensidade em sua expressão. Seu rosto parecia ter sido esculpido em marfim antigo, e seus olhos, que haviam encarado por um momento pai e filho, estavam agora fixos com ávida curiosidade em algo do

Sir Arthur Conan Doyle

outro lado da sala. Segui seu olhar, já antecipando que ele estava observando pela janela o jardim melancólico e gotejante, mas eu não tinha ideia do que poderia ser tão interessante. Uma veneziana estava semicerrada do lado de fora e obstruía a vista; mesmo assim, era na janela que Holmes estava concentrando sua atenção.

Em seguida, ele sorriu e voltou os olhos para o bebê. No pescoço rechonchudo, havia uma pequena marca enrugada. Sem falar nada,

O vampiro de Sussex

Holmes examinou-a com cuidado. Por fim, brincou com o punho roliço que o bebê acenou na sua frente.

– Adeus, homenzinho. Você teve um início de vida estranho. Babá, gostaria de falar com você em particular.

Ele a puxou de lado e falou intensamente por

Sir Arthur Conan Doyle

alguns minutos. Eu apenas ouvi as últimas palavras:

– Sua preocupação, espero, logo será resolvida.

A mulher, que parecia ser um tipo de pessoa amarga e silenciosa, respirou fundo e acenou com a cabeça de modo agradecido para Holmes antes de sair com o bebê.

O vampiro de Sussex

– Como é a senhora Mason? – perguntou Holmes.

Ferguson pareceu intrigado com a pergunta, mas respondeu a Holmes prontamente.

– Apesar de sua aparência um tanto hostil, ela tem um coração de ouro e é dedicada à criança.

– Você gosta dela, Jack? – Holmes voltou-se repentinamente para o menino.

O rosto expressivo de Jack se anuviou e ele balançou a cabeça.

– Jacky tem seus gostos e desgostos – disse Ferguson,

Sir Arthur Conan Doyle

colocando o braço em volta do menino. – Felizmente, eu sou um de seus gostos.

O menino deu um murmúrio e aninhou a cabeça no peito do pai. Ferguson o removeu suavemente.

– Agora vá, pequeno Jacky – disse, observando seu filho com olhos amorosos até que ele desapareceu.

– Muito bem, senhor Holmes

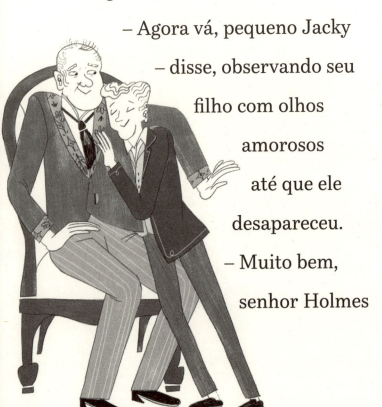

O vampiro de Sussex

– continuou, quando o menino foi embora –, eu realmente sinto que o trouxe aqui para nada, pois o que o senhor pode fazer a não ser oferecer sua simpatia? Do seu ponto de vista, deve ser um assunto muito delicado e complexo.

– É certamente delicado – disse meu amigo, com um sorriso divertido –, mas não tenho certeza quanto à complexidade. Cada ponto foi confirmado por uma série de incidentes não relacionados, e posso dizer com segurança que atingimos nosso objetivo. Eu tinha, de fato, já chegado a ele antes de deixarmos Baker Street. O resto foi apenas observação e confirmação.

Ferguson colocou a mão na testa franzida.

– Pelo amor de Deus, senhor Holmes – disse ele com voz rouca –, se consegue ver a verdade nesse mistério, não me deixe em suspense. O que está acontecendo? O que devo fazer? Não me importo com a forma que encontrou seus fatos, contanto que realmente os tenha.

O vampiro de Sussex

Eu entendia a frustração de Ferguson; o gosto de Holmes pelo drama às vezes se colocava entre ele e a ajuda que seus clientes necessitavam. Apesar disso, achei que Ferguson estava fazendo um trabalho admirável em manter a calma no que devia ser uma situação assustadora.

Holmes sorriu graciosamente, e eu esperava que ele tivesse percebido o quanto esse caso era motivo de angústia para Ferguson.

Sir Arthur Conan Doyle

— Com certeza lhe devo uma explicação, e o senhor a terá, mas permite que eu trate do assunto do meu jeito? A senhora está bem o suficiente para nos receber, Watson?

— Ela está doente, mas parece muito lúcida.

— Muito bem. É apenas na presença dela que podemos esclarecer o assunto. Vamos subir até lá.

— Ela não quer me ver! — exclamou Ferguson.

O vampiro de Sussex

– Ah, sim, ela vai vê-lo – disse Holmes. Ele rabiscou algumas linhas em uma folha de papel. – Vá primeiro, Watson, e tenha a bondade de entregar este bilhete à senhora.

Capítulo oito

Subi novamente ao quarto e bati de leve na porta trancada. Dolores abriu com cautela e eu lhe entreguei o bilhete. Um minuto depois, ouvi um grito de dentro; um grito em que alegria e surpresa pareciam se misturar. Dolores olhou para fora.

– Ela vai receber. Ela vai ouvir – disse a moça.

O vampiro de Sussex

Ao meu chamado, Ferguson e Holmes apareceram. Quando entramos no quarto, Ferguson deu um ou dois passos na direção da esposa, que agora estava sentada na cama, mas ela levantou a mão para que ele não se aproximasse

Sir Arthur Conan Doyle

mais. O pobre homem então afundou em uma poltrona.

Holmes sentou-se ao lado dele depois de fazer uma reverência à senhora, que o olhou com os olhos arregalados de espanto.

– Dolores não precisa ficar aqui – disse Holmes. Mas vendo a expressão no rosto da mulher, ele acrescentou: – Oh, muito bem, senhora, se preferir que ela fique, não vejo objeções. Bem, senhor Ferguson, sou um homem ocupado, com muitos chamados, por isso meus métodos devem ser curtos e

O vampiro de Sussex

diretos. A cirurgia mais rápida é a menos dolorosa. Deixe-me primeiro dizer o que vai acalmar sua mente. Sua esposa é uma mulher muito boa, amorosa e foi bastante maltratada.

Ferguson se endireitou na poltrona com um grito de alegria.

– Prove isso, senhor Holmes, e estarei em dívida com o senhor para sempre.

– Vou provar, mas, ao fazê-lo, devo magoá-lo profundamente.

– Não me importo, desde que liberte minha esposa. Tudo na

Sir Arthur Conan Doyle

terra é insignificante em comparação com isso.

– Deixe-me contar, então, a linha de raciocínio que passou pela minha mente em Baker Street. A ideia de um vampiro era absurda para mim. Esse tipo de coisa não acontece. E, ainda assim, sua observação foi precisa. O senhor a viu se levantar do berço da criança com sangue nos lábios.

O vampiro de Sussex

— Eu vi.

— Não lhe ocorreu que uma ferida que sangra pode ser sugada para algum outro propósito que não seja beber o sangue? Não houve uma rainha na história da Inglaterra que sugou uma ferida assim para tirar o veneno que havia nela?

— Veneno!

— Esta é uma casa sul-americana. Meu instinto sentiu a presença

> **Eleanor de Castela**
> Rainha da Inglaterra (1241-1290) e esposa de Eduardo I. Acredita-se que tenha sugado o veneno de um ferimento de adaga no braço de seu marido e salvado assim a vida dele.

dessas armas antes que meus olhos as vissem na parede. Poderia ter sido algum outro veneno, mas foi isso que me ocorreu. Quando vi aquela aljava vazia ao lado do pequeno arco, era exatamente o que eu esperava ver. Se a criança fosse picada com uma daquelas flechas mergulhadas em

O vampiro de Sussex

curare, ou alguma outra substância diabólica, significaria a morte se a toxina não fosse sugada rapidamente.

A expressão de Ferguson foi de choque e compreensão gradual. Meu coração se apertou quando eu soube o que estava por vir.

– E o cachorro! – continuou Holmes. – Se alguém fosse usar tal veneno, não o experimentaria primeiro para ver se não tinha perdido seu poder? Não previ o cachorro, mas ele se encaixou na minha reconstrução dos acontecimentos.

Sir Arthur Conan Doyle

Holmes acrescentou gentilmente:

– Agora entende? Sua esposa temia um ataque como esse. Ela o viu acontecer e salvou a vida do bebê, mas ainda assim evitou dizer a verdade, pois sabia do seu amor pelo menino e temia que isso partisse seu coração.

– Jacky!

– Eu o observei agora há pouco, quando o senhor estava com o bebê. Seu rosto estava

O vampiro de Sussex

claramente refletido no vidro da janela, onde a veneziana fechada formava um fundo e a transformava em um espelho. Eu vi tanto ciúme, tanto ódio cruel, que raramente vi em um rosto humano.

– Meu Jacky!

Sir Arthur Conan Doyle

– Será preciso enfrentar isso, senhor Ferguson. É mais doloroso porque é um amor distorcido; o que motivou a ação do garoto foi um amor maníaco e exagerado pelo senhor e possivelmente pela mãe morta. A própria alma dele está consumida por ciúme e ódio pelo filho esplêndido da sua segunda esposa.

– Bom Deus! É inacreditável!

– Eu falei a verdade, senhora?

A mulher, que estava choramingando com o rosto

enterrado nos travesseiros, virou-se para o marido.

– Como eu poderia lhe dizer, Bob? Eu sentia o golpe que seria para você. Era melhor que eu esperasse e que a verdade viesse de outros lábios que não os meus. Quando o cavalheiro, que parece ter poderes

Sir Arthur Conan Doyle

mágicos, escreveu que sabia de tudo, fiquei feliz.

– Acho que um ano no mar seria minha sugestão para o menino Jacky – disse Holmes, levantando-se da cadeira. – Só uma coisa ainda não está clara, senhora. Podemos entender perfeitamente seus ataques ao menino Jacky; existe um limite para a paciência de uma mãe. Mas como se atreveu a deixar o bebê nos últimos dois dias em que esteve neste quarto?

– Eu disse a verdade à senhora. Mason. Ela estava ciente do perigo.

O vampiro de Sussex

– Exatamente. Foi o que imaginei.

Ferguson estava de pé ao lado da cama, mãos trêmulas e os olhos marejados de lágrimas.

– Creio que é hora de partirmos, Watson – disse Holmes em um sussurro, indicando também a saída do quarto para Dolores. – Acho que podemos deixá-los resolver o resto entre eles.

Sir Arthur Conan Doyle

Ao passarmos pela cama, um pequeno pedaço de papel caiu no chão. Só consegui ler algumas palavras nele.

Cara senhora,
Sei de tudo. Seu sofrimento logo acabará.

Meu sincero respeito,
Sherlock Holmes

Saímos do quarto e fechamos a porta atrás de nós.

Capítulo nove

No dia seguinte, Holmes respondeu à carta que havia recebido dos advogados de Ferguson.

Baker Street,
21 de novembro

Assunto: Vampiros

Senhor,
Referindo-me à sua carta do dia 19,
escrevo para informá-lo de que
examinei o caso do seu cliente, senhor
Robert Ferguson, da Ferguson & Muirhead,
vendedores de chá, de Mincing Lane.
O assunto foi concluído de modo
satisfatório.
Com agradecimento por sua indicação,

Envio-lhe meus mais sinceros
cumprimentos,

Sherlock Holmes

Detetive Sherlock Holmes

O detetive particular de renome mundial, Sherlock Holmes, resolveu centenas de mistérios e é o autor de estudos fascinantes como *Os primeiros mapas ingleses* e *A influência de um ofício na forma da mão*. Além disso, ele cria abelhas em seu tempo livre.

Doutor John Watson

Ferido em ação em Maiwand, o doutor John Watson deixou o exército e mudou-se para Baker Street, 221B. Lá ele ficou surpreso ao saber que seu novo amigo, Sherlock Holmes, enfrentava o perigo diário de resolver crimes, então começou a documentar as investigações dele. O doutor Watson atende em um consultório médico.